廣木明美
タイル壁画・洋食器絵付け作品

子どもたちを連れてよく散策した、秋のシャンティの森。
橋の上から葉っぱの舟を流して遊ぶようすを描いた。
アンデパンダン展出品作。

ミラノから移り、暮らしはじめたパリの六階のバルコンからの景色。
大きなルーフバルコンにはたくさん花を植え、集まってくるマルハナバチと語り合った。
この街には煙突がたくさん残されており、そこから飛び交うツバメたちとも語らいを楽しんだ。

南仏マルセイユのオリーブ林の中、
野あざみがたくましく咲いていた。
一面に広がる枯れ草の美しさ、水辺、
そして空を少し抽象的に描いてみた作品。
ルサロン入選作品

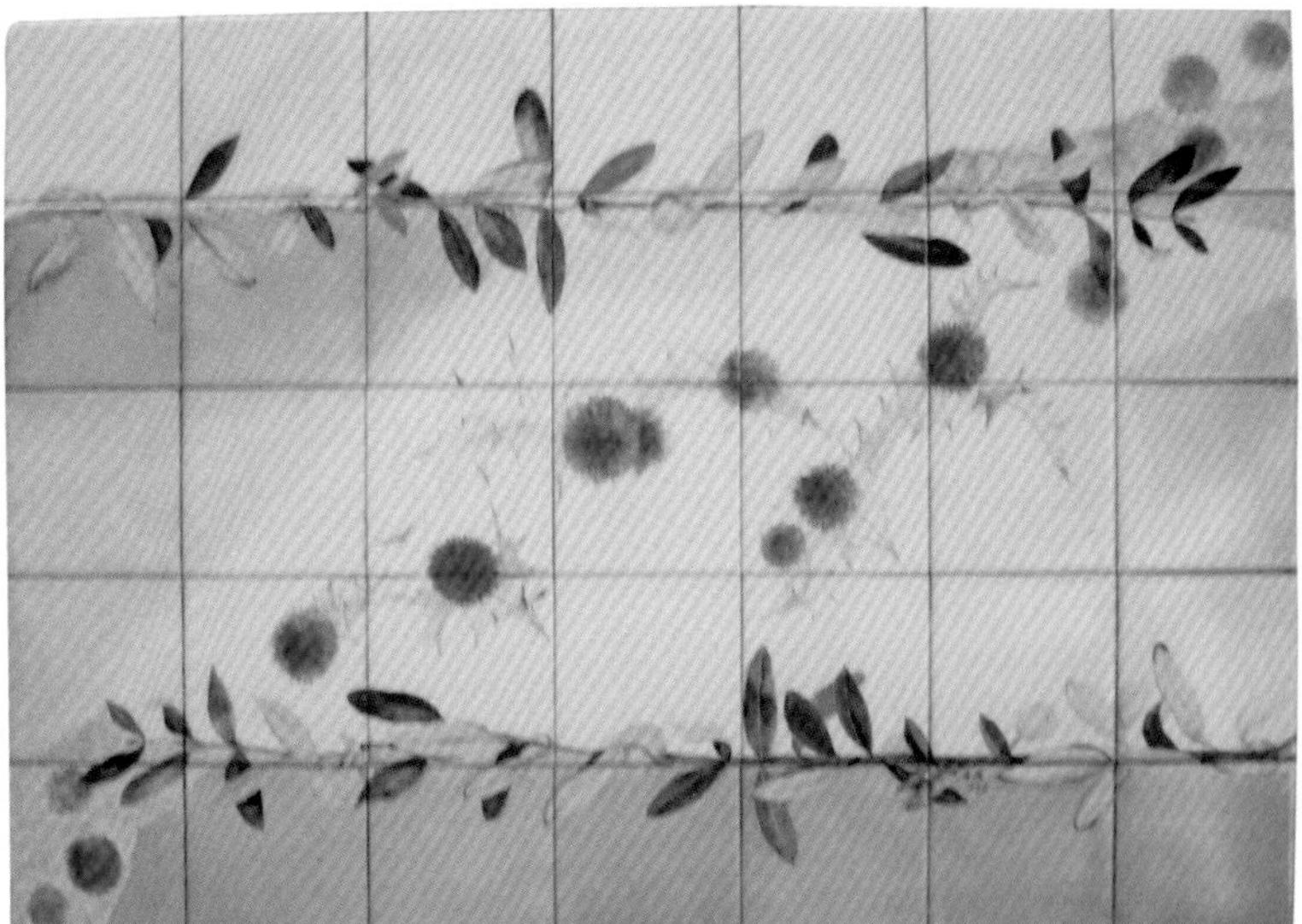

ブローニュの森の野の花を
描いたスープ皿(上と下)は
アカデミーリュテス国際
コンクール、銀賞作品。

上からエシャロット、
ブラックベリー、コス
モス、ヒメリュウキンカ

蒼い空に向かって

廣木明美

文芸社

挿絵　廣木明美

contenu

♫マークは曲がつけられたことを示しています。

沈丁花の曲がり角

沈丁花の花が咲く
行き止まりの曲がり角
おまえは　一瞬立ち止まって
私の方を振り向いた

私ならば右に行く
たいした理由はないのだけれど
もうタンポポの花が
咲きはじめているような気がしたので
走り回れる野原に
行き着けそうな気がしたので

「ボクは左へ曲がる」

おまえは言い切る
車の通りもずっと多い
建て直しの家などもある
ごみごみした道の方へ
「絵など描かないのだから
近道がいい」

それならと
私の方は　道の高みに登ってみた
もっと遠くまで
おまえの行く道が見えはすまいか
でも
やっぱりそこにも
沈丁花の垣根が続いているだけ

望遠鏡をもってきても

見えっこないのだ
この花の向こう
右か左か
十五歳のおまえが選ぶしかない

母の私は
黙って見送るしかない

角を曲がってしまうと
おまえは早足で歩み去った
もう振り向きもせず
二月の花の香りと私だけをそこに残して

A.K

枇杷《びわ》の花

飛び込んできた人懐っこい香り
燻し銀の梢のひとかたまり

こんな花から
　ソレイユ色の枇杷の実は　生まれるのだろうか
こんな一月の朝から
　夏の日々は備えられているのだろうか

「きっと　きっと　いい年が」

思いもよらない　ささやかな花が
思いもよらない　ひとときとなって
母である私を包む

年明け一番の贈り物

別れ

おまえの背中を
北風が押していた
宿舎の階段を昇りつめたあたり

呼び止めたい想いに耐えて
戸口に消えていったおまえを
じっと見つめていた

別れの冬の空は蒼く
薄氷のように張りつめながらも
光に満ちていた
時は　確実に春の方へ向かっているのだ

そうだ
おまえの分厚い胸は
おまえの幹のような肢体は
どんな北風にだって向かえるはずだ
日本に残りたいのもおまえなのだし
医者になりたいのもおまえなのだ

私を振り返らぬがいい
私もおまえを呼び止めまい

私は　夫の任地のイタリアへ
そして
おまえは
自分の選んだ道へ進む

十七歳の新しい年が始まる

モンブランの見える窓辺

山があまり浮き彫りにされてしまったので
かえって空いてしまった
おまえの場所

モンブランの頂を仰ぐこの窪地には
よく鍛えたおまえの後ろ姿が
一番似合うはずなのだ

おまえの歌う低い声が
一番響くはずなのだ
マウンテンバイクで走り抜けていく
どの少年の瞳よりも
おまえにふさわしい

この白い山と薄緑の平原が
ここではヴァカンスの熱気を
こんなにも優しく吹き飛ばしてくれるのに

受験生のおまえは
冷房も意のままに使わせてもらえない
あせもだらけになっていると言う
治療のためのシャワーも
時間決めだ

この冷えた山からの大気を
そのまま小包で送れないだろうか
好物のトムドサヴォワのチーズのように
土産に託して
おまえの部屋をいっぱいに出来ないだろうか
こんな母の祈りも

大きくなりすぎたおまえを
柔らかく包んでやれないのだろうか
雨上がりのモンブランの頂よ

―シャモニーより―

紫陽花

イタリア人の好みの紫陽花は
まばゆすぎる太陽と
青空の下で映える色
水色ではなく濃いローズ色
ぼってりと熟した大輪の花だ

なにしろ四月から夏は始まって
六月には
草が枯れるほど乾いてしまう
黙っていたら
自分の居場所もなくなってしまう
出来るだけ目立つようにして
花のありかを知らせなければならない

人も花と同じ

女盛りを過ぎたイタリアのマンマたちは
大きなイヤーリング
イミテーションのネックレスで
飾り立てる

それでも幅広の後ろ姿は
誰でも似たり寄ったりで
ミケランジェロの
絵の中の少女たちの成れの果てだ

私は日本人
やっぱり水色の紫陽花が懐かしい
寺の山門や庭隅で

楚々と咲いている花に出会いたい
六月の曇り空を受け止め
青空を忘れないでいる花に会いたい

待ちに　待った雨が降った

三ヶ月ぶりです
青空を真っ二つに分けるような
雷鳴まじりの雨上がり
ついにめぐり会えたのです
水色の紫陽花に
墨絵のような花の垣根に

散歩帰りの柴犬と
いつまでも立ち尽くしていた
日本の家に帰ったようで

もしかしたら
この国でも会えるのかもしれない
水色の紫陽花のような人に
今は探し出せないだけ
住み始めて
たった五ヶ月のミラノの町では

れんげ便り

ご存じですか
れんげの盛りは
夏ではなく　四月から五月
きんぽうげやひなぎくに混ざって
自分のデザインをする花だと
ネコジャラシも
カラスムギも
野原いちめん咲いていているけれど
どれも　れんげの花のバックでしかない

そうです
夏になると乾ききってしまう
イタリアの大地なのです

だから　モザイク画のキリストも
歩いたに違いないのです

こんな柔らかな春の野を
こんな花を手にとって
私たち女を見つめたに違いないのです

「野の花を見よ
　れんげの花を」

咲くことにのみ命をかける花たちよ
なんと眩《まばゆ》いのだろう
そんな時を　とうに過ぎてきた私には

ミラノの屋根

六階のバルコニーから
古い町の屋根の連なりが見える
鉄錆色のミラノの屋根だ

貴族でもなく
大商人でもなく
あなたや私と同じ当たり前の人々が
昔から住んできた家々の屋根だ

地表から
そこまで伸び上がった蔦の蔓にも
もう赤い葉はない
霧のような雨が降って

すべての屋根の上を濡らしてゆく

冬がくるのに
空気が冷えきっているのに
私の心は不思議に暖まっていく

目の前のあの屋根の下でも
誰かが熱い紅茶を入れているだろう
訪ねてくる友を待っているのか
学校帰りの子どもたちを迎えるのか

遠くのあの屋根の下でも
夕餉の野菜を刻む忙しげな音が
明るく響いているだろう

すべての屋根の下から
人を待つ心が溢れ出て

すっかり忘れさせてしまう
私が
故郷から遠い国にいることを
貴女の入れる紅茶の香りに

春の朝
―ミラノにて―

春の朝
私の部屋の思い出の品々が
みんな盗み取られてしまった

エンゲージリングはもちろん
母が贈ってくれた首飾りや指輪
夫が出張先の砂漠で探してきた
誕生プレゼントの石
不思議な光りを放ったまま
そのどれ一つも
私の手許には残っていない

それなのに

なんと輝きをまして見えることか

霧氷に覆われながら
冬を越えてきたプラタナスの新芽
「春よ　春よ」
歌いはじめたライラックの薄紫の花

私はまだ　こんな宝物を持っていたのか
どんな盗っ人も
取り去ることの出来ない私の宝

贈られた日の眼差しのままに
贈ってくれた人々の祈りのままに
あの樹　この樹の新芽となって
春の朝いっぱいに輝いている

天国に仕舞われた私の本当の宝物

青い野あざみ

今はいない私のフランス人のお母さん
メリーさん
もう一度めぐり会えたのです
マルセイユの丘の上で

シャルドンブルー
青い野あざみ
教えてくれた私のフランスのお母さん

八月の乾き切った大地では
どんな花もドライフラワー
この花だけが
咲き続けています

海と空とが混ざりあった
私たちの思い出の色に

石灰岩のオリーブの丘を歩いていると
あなたは語りかけてくる
いっしょに過ごしたプロバンスの夏休み
小さかった私の子どもたち
集まっていた仲間たち
丸い大きな松の木陰に
広げられたテーブル

みんなの声が聞こえてくる
海の光の中にあった
あの夏休み
どこへ行ってしまったのでしょう

あなただけ

あなただけが
今も私の行く手に咲いています
青い野あざみのまま

シャルドンブルー
天に向かう道標よ

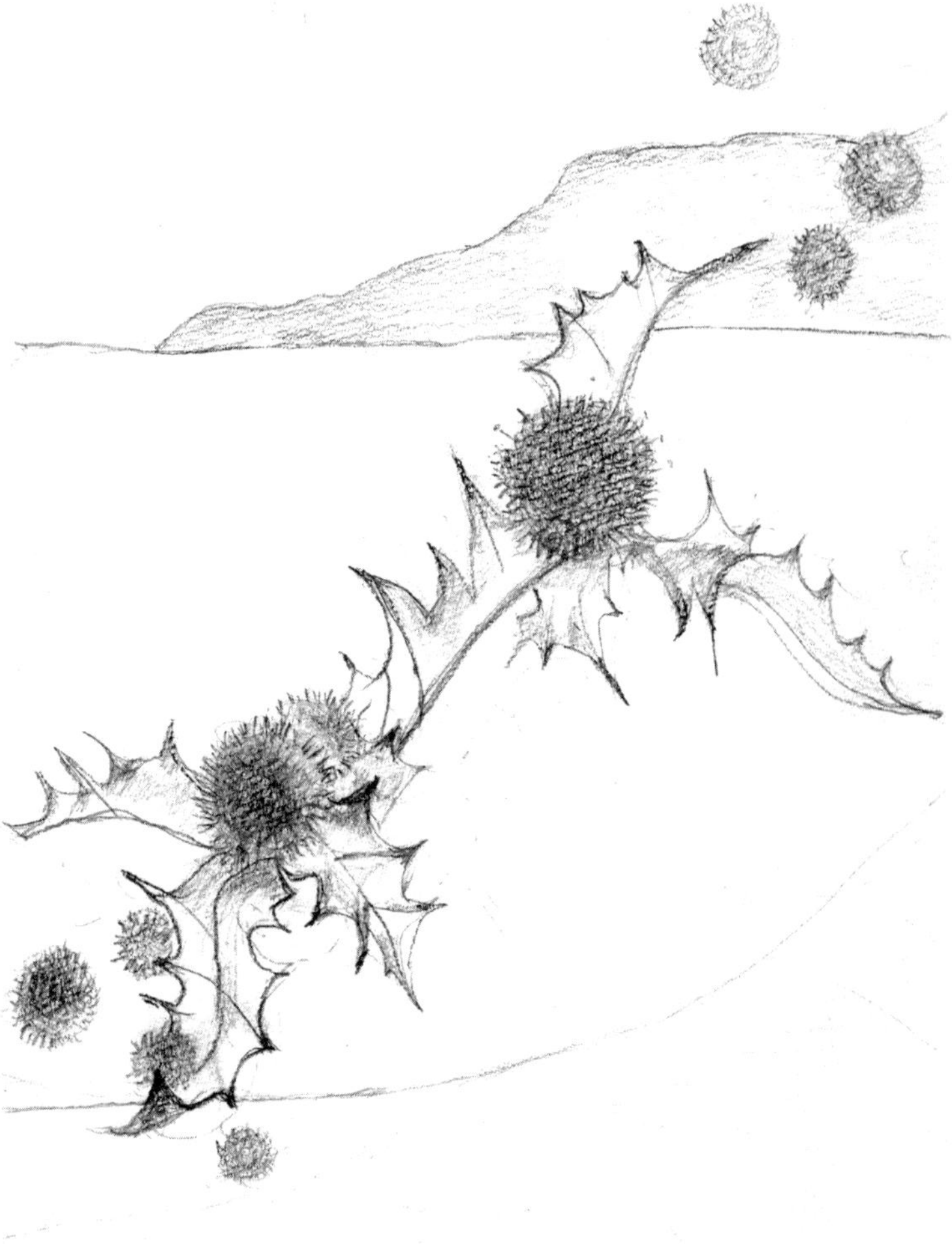

ひなげしの花のころ

ひなげしよ
燃えながら揺れる花よ
実る麦畑に続く薄緑の丘

蒼い空も
お前たちの歌を吸い込んで
限りなく　広がる

イタリアの六月
故郷を離れた遠い国で
私は見つけたのです
どこかにしまい込んで忘れていた
私の六月

郵便はがき

料金受取人払郵便

新宿局承認

2524

差出有効期間
2025年3月
31日まで
(切手不要)

1 6 0-8 7 9 1

141

東京都新宿区新宿1－10－1
(株)文芸社
愛読者カード係 行

お名前《ふりがな》		明治 大正 昭和 平成	年生 歳
ご住所《ふりがな》	□□□-□□□□	性別 男・女	
お電話番号	(書籍ご注文の際に必要です)	ご職業	
E-mail			
ご購読雑誌(複数可)		ご購読新聞	新聞

最近読んでおもしろかった本や今後、とりあげてほしいテーマをお教えください。

ご自分の研究成果や経験、お考え等を出版してみたいというお気持ちはありますか。
ある　ない　内容・テーマ(　　　)

現在完成した作品をお持ちですか。
ある　ない　ジャンル・原稿量(　　　)

名				
買上 店	都道 府県	市区 郡	書店名	書店
			ご購入日	年　月　日

書をどこでお知りになりましたか？
1.書店店頭　2.知人にすすめられて　3.インターネット（サイト名　　）
4.DMハガキ　5.広告、記事を見て（新聞、雑誌名　　）

の質問に関連して、ご購入の決め手となったのは？
1.タイトル　2.著者　3.内容　4.カバーデザイン　5.帯
その他ご自由にお書きください。

（　　）


書についてのご意見、ご感想をお聞かせください。

内容について

カバー、タイトル、帯について

弊社Webサイトからもご意見、ご感想をお寄せいただけます。


協力ありがとうございました。

お寄せいただいたご意見、ご感想は新聞広告等で匿名にて使わせていただくことがあります。

お客様の個人情報は、小社からの連絡のみに使用します。社外に提供することは一切ありません。


書籍のご注文は、お近くの書店または、ブックサービス（0120-29-9625）、セブンネットショッピング（http://7net.omni7.jp/）にお申し込み下さい。

小さな息子たちのママだった若い日

麦畑には炎を灯し
空には輝く眼差しを投げ
右の手と左の手に
子どもたちの小さな手を握りしめて
空まで飛んでゆこうとしていた
あの若い日
絹よりも軽やかに
散って行くまでのひととき

ひなげしの花が咲いているよ
イタリアの麦畑に

九月の歌

西の空に
アルプスの峰が浮かび上がると
もう秋
九月の歌が聞こえてくる

重なりあった蔦のカーテンに
黄色い光を見つけると
もう秋
私たちのベランダに
九月の歌を響かせて

残されたのは
折りたたまれた椅子と
小さく閉じられた白いパラソル

共に歩いた山の道も
語り合った仲間たちも
燃えながら
燃えながら
仕舞われていく
ワイングラスと一緒に

私たちの心に
九月の歌をしのばせて

ルルドの聖水

一

ミラノからなら一五〇〇キロ
パリからなら八〇〇キロ
日本からなら二万キロ
世界中からやって来る人々
ベルナデットが
マリア様に出会ったという
ピレネー山麓のルルドの町

水の湧き出る洞窟の前には
そこからひいた手押しの水道水が
ずらっと並んでいた
マリア様は

祠の入り口の小高いあたりに
黄金の冠を着けておわします
『この水で顔を洗え
　この水で心を洗え』
各国語でこう書かれている
順番にたどり着いた人々は
買ってきたばかりの
プラスチック製の水差しに
ありがたそうに水を満たしてゆく

どんな病も癒やすという
その奇跡を求めて
地球上のあちらこちらから
集まってきた病の人々
体の自由を失ってしまった人々
年をとって魂の抜けてしまったような人々
医者からは不治と言われた人々

そして
それらの人々をとりまく家族
教会と病院とルルドの聖水
元旦の初詣のような騒ぎで

八月の夕暮れはむんむんと暑い
私は　思わず顔や手などを
ルルドの水にひたした

心は妙に重いまま
奇跡など起こらなかった
たくさんの人々を見ていて

マリア様に至る街道は
やたらに多い　もったいぶったお土産屋
俗な人間は　人の悩みまでお金に換える

『マリア様形水入れ　大小様々
マリア様のシンボル　ブルーリボン付き
少々高め』
多く支払った人が
より多くの奇跡に出会えるとでも言うのか

ピレネーの水は
そのままで天の恵み

渇いた口が
渇いた心が
両手に受けて飲み干したなら
そのままで全てを癒やす命の水だ

人ごみで疲れた私が
顔を洗って得たものは
三日後のものもらいだけだった

二

奇跡！
こんな私でも見たのです
あのピレネーでなければ見られない奇跡を
薄汚れた参道の裏道で
「聖地　紙くず地　人ごみ地」
ぶつぶつ言いながら
犬を連れて車に戻る道すがら

背の高い若者が私の前を歩いていた
時々かがみ込んで何かを拾ってゆく
背中には自分の片足の義足を背負い
一本足のまま足早に歩く
吸い殻でも集めているのだろうか

お金でも落ちているのだろうか
ふっと私の住んでいるミラノの町に溢れている
物乞いの姿を思い浮かべた

私たちが追いついた時
若者は　もうカフェに坐って
連れの人と話しながら
手だけ忙しく動かしていた
集めてきた紙くずをみな取り出して
丁寧にくず籠に捨てているところだった

そういえば
その若者の歩いた後には
ごみ一つ落ちていなかった
早朝の町のように綺麗になっていた

私のぶつぶつ言う言葉の中からは
何も生まれてこなかったけれど
マリア様の水は
確かに信じた人を動かす
足は一本でも
その人の心は
私よりもずっと大きく
ずっと柔らかく
道をも　人をも清める
マリア様形の水入れなど
その人は持っていなかったけれど

私は下を向いて
その人の前を通り過ぎた

足が二本とも自由に動くことを
恥じながら
心が自由に動かないことを
もっと恥じ入りながら

早春の白い帽子

小さな鈴をいっぱいにつけた
早春のはこべの花よ
むかしの帽子を
思い出させる　白い花よ

遠い少女の春
白いレースの帽子
飾りの小さな花が
たくさんついていた

頭にのせると
顔の半分が隠れてしまう

鏡を見ても
自分の姿さえよく見えない
どの服と合わせても
帽子だけが目立ってしまう

父も笑った
　母も笑った
みんな笑った

それでも　私は
帽子を持って歩いた
毎日　毎日
すっかり汚れてしまうまで

早春のはこべの花よ
白く咲いているね
遠い日の　思い出の帽子よ

月見草

花の灯《あか》りに誘われて
やってきました
お母様
月見草は一輪ずつ
夏の夜ごとに灯をともします
あなたの垣根に灯をともします

　三十咲いて
　　五十咲いて

夏も闌《たけなわ》
娘たちは　スケッチブックを抱えて
孫たちは　釣り竿をかついで

みんな戻ってくる頃です

月の光に包まれて
あなたは花を数えています

瞳の中のぼんぼりに
私たちがともす灯
孫たちがともす灯
ひとつ　ひとつの灯の数を
あなたは数えているのです

月見草のお母様

ただいま

なんという幸せであろうか
「ただいま」と言える人が
大人になってもいたら

ひと言の「ただいま」の中に
一日の安らぎがあり
ありのままの私がいる

母は　脳内出血で病院にいても
長い旅から戻った私を
迎えてくれるだろう
もう　不自由になった母の手からは
熱いほうじ茶も

ナッツのいっぱい入った
フルーツケーキも
出てはこない

それでも
私の言う「ただいま」を
待ちわび受け止めてくれるに違いない
母しか持っていない
大きすぎる瞳を
私に向けて

夕空の宴

落ちてゆく太陽は
瞬き一つ
オレンジ色の翼を
空いっぱいに広げた

お母様
見ているでしょ

あなたは私たちの太陽でした
誰よりも輝いて
娘たちを包み込んでいました

夕空の宴
あなたは
戻ってきたに違いない
オーロラ色の炎の中に
富士が浮かび上がるとき
天と地とが交わるとき

お母様
一緒に見ていますね
私たちの宴を
新しい年が始まるときを

地球が星になるとき

地球が星になる
一番星よりも早く
ブルーグレイの空に浮かぶ

ビルも船もテレビ塔も
いっしょに宇宙にすべりだす
小さな灯をいっぱいに付けて

海も　山も　海辺の町も
みんな一つの星になり
宇宙の旅を続けてゆく

どこへ行くのか
知らないけれど
ひととき小さな星になり
広く
果てない
空を行く

ふきのとう

母の声がする

薄黄緑の小さな帽子
三つ　七つ
ふきのとう
枯れ葉の下から私を呼んだ

母は天ぷらにしただろうか
酢味噌和え？

元気な春の子どもたち
手袋を投げ出して
手のひらに

母の声がする
誰もいない二月の庭で

野の花に

赤まんまには　小さな花が
　その茎に似合ってひらく

露草には　短い命の花が
　その色に似合ってひらく

薔薇ではなく
菊でもなく
赤まんまには　赤まんまの花
露草には　露草の花

野に咲く花たちよ
神様に守られているのですね

赤まんまには　赤まんまの花
露草には　露草の花

夏の旅人

れんげの花よ
れんげの花よ
そんなに軽やかに揺れないで
蓼科山の頂の丸くちぎれた白い雲は
山が振っている別れの帽子

蒼い空よ
そんなに私を見つめないで
赤とんぼの群れが
低く飛び交うよ
消えていったテニスボールのように
音をたてて流れる川よ

もう呼ばないで
　もう呼ばないで

みんな　みんな帰っていくよ
夏の想いも流れていくよ
私たちは
私たちは　夏の旅人

ふるさと探し

「この辺りに
梨畑があったはずだが」
車でごったがえす交差点で
あなたは首を傾げる

梨畑どころか
民家さえ見当たらない
ファーストフードの店が
ずらっと軒を連ねているだけ

お尻で滑り下りた山があったはずだが
アヒルを泳がせた小川があったはずだが
車だから探せないのかと

あちら　こちら二人で歩いてみた
今は地名の呼び方まで変わってしまい
頼りになるのは心覚えだけ
みんな　どこかに越したらしい？
一軒だけ土地の名士の屋敷が残っていた
まぎれもなく
あなたが子ども時代を過ごした辺りなのに
小川もなく　山もなく

それもそのはず
小川にはコンクリートの蓋
そして山
あなたはこう呼んでいたけれど
小さな家で埋め尽くされた
分譲地があるだけ

とても誰かに会いたくなって

探しに　探し　探し当てた町外れの洋食屋
シェフになった小学校の親友が
タンシチュウをすすめてくれた
「フランス帰りの口に合うかい？」
日曜日の夕方はお客で溢れて
言葉もこれしか交わせずに
口にこっくりと広がるシチュウの味

疎開地を離れて三十年
商社マンになった少年の
本当のふるさとを見せたくて
出向いたあなた
「いいの　いいのよ
私には見えてくるのだから
車も信号もない広い梨畑に
ほら　もうじき白い花が咲き始めるわ
ガキ大将のあなたが

棒切れをもって立っているわ」

ミモザ

フランスに戻ったような
空の底の眩しい二月
あれはミモザの大木だったのか
修道院の庭からも
屋根からも誇らしげに覗いていた

東京ではめったに見かけないミモザ
春を告げるブーケも
愛する人に花束を抱えて帰る
弾んだ後ろ姿も

黄色いあの枝ぶりは
私の足取りまで軽くした

懐かしい友の瞳が笑っていたので
ミモザよ　ミモザ

夏の貴婦人

羽の模様は　アールデコ
ステンドグラスから抜け出した
あなたは貴婦人

いいえ　いいえ
大空を旅してまわるパイロット
北の国から沖縄まで
ヒヨドリジョウゴの花咲くところ
ひらり　ひらり
ゆらり　ゆらり

写真一つも撮らさずに
旅立っていった

私の夏の貴婦人よ
あさぎまだらよ

星空

誰のために
輝くのだろう
この星たちは

今も
物語で満ちあふれている
夏の大空よ
変わることのない宇宙よ

どんな愛を捧げても
どんな怒りをぶつけても

遠く

遠く
今も輝いている
青春の星たちよ

なつかしい
私の回り灯籠よ

誰のために
輝くのだろう

この星たちは

鹿山

訝しげに
私を見つめた
雄鹿たちの群れ
「ここは俺たちの庭
俺たちの大地」
勝利の詩が聴こえる
銅色の光を
月に向かって放ちながら
雪が降ったら何になろう
車で上るスカイラインも

ニッコウキスゲを守る鉄条網も
雪はみんな隠してしまう
白い絨毯を敷き詰めて
本当の主人に返してしまう

私も
おまえたちを追いはしない

ふきのとうから栗拾いまで
ほんとうに短い山の日々を
おまえたちから借り受けただけ

もう山を下りよう
白樺の葉が散ってしまわぬうちに

ここは鹿山

神様がお与え下さった
おまえたちの大地

クレマティスの白い花

おぼろ月夜に浮かび上がる
おとうさま
あなたの横顔
クレマティスの白い花です

さがしても
さがしても
私には見つからなかった
天からの便り
あなたはさりげなく描いてみせた
白い花の上に

夏も秋も咲き続けて

木枯らしの吹きはじめた朝
　一番大きな花をつけてみせた

散ってゆく
散ってゆく
あなたの花びら
重なりゆく思い出の暖かさよ

遠くのあなたに包まれて
どんな冬でも越えて行こう
この枝に白い花の芽吹く日まで

ベランダの友

霙《みぞれ》まじりの冷たい日には
思い出させる過ぎた日のこと
訪ねてくれた友のこと

今　やって来るのは
小鳥たちだけ
薔薇の実ついばむヒヨドリたち
枯れ残ったリースの上で
何度も何度も宙返り

毎日きまって十時半
ぼさぼさ頭の寝起きのままで
謡い始める愛の歌

二羽で奏でるデュエットは
霙をどこかに跳ね返し
ぽっかり明けてゆく蒼い空
凍えかけた私の心に
拡げてくれた早春の空

想い出揺するベランダの友

小さな春の昼下がり

海の風が吹いてくる
萌黄色《もえぎいろ》のプラタナスの彼方

空の向こうは海
若者と少女が浜辺を見つめている
後ろ姿だけなのに
ほとばしる
　ほとばしる
　　いのちの光

こちらを向いて
その子は　いつかの私なのでしょ
長い髪が風に舞っているもの

あなたはいつかの
あなたなのでしょ
海をたぐり寄せている若者は

波が砕けて笑い声だけが
谺《こだま》して消えていった

海も風も
若い日の私たちも
小さな春の昼下がり
懐かしさだけを
この胸に残して

おじいさんと子すずめ

おじいさんの右手には
子すずめたちが
ずらりと止まる
五本の指に
おじいさんの口笛に合わせ

おじいさんの左手から
一羽　一羽の子すずめたちへ
「今日のおやつだよ」
丸めたパンくず

みんな出かけた夏休み
ひとりぼっちのおじいさん

誰かとおしゃべりしたくって
ひとり出かけた
昼下がり

毎日
続けているうちに
すっかり
すずめとお友だち

夏の終わりの
パリの城跡
そこにだけ　光が集まって
そこにだけ　光が舞っている
おじいさんと子すずめたちの
夏休み

夕映え

駆け登った坂道に
空いっぱいの夕映え
雨上がりの空

見つめていました
少女だった私
両手を広げて抱きとめた
燃えながら落ちてゆく太陽

その空に溢れていました
いつか　一緒に歩む人も
いつか　母になる私のことも

踊って
　踊って
時も翔《かけ》てゆきました

ゆっくり登りつめた坂道
いつか見た日の雨上がりの空
　夕焼けが
　夕焼けが
私を包む

日暮れまではもう少し
描いてゆこう　この空に
過ぎてきた日の思い出も
叶って欲しい夢の続きも
私のクレヨン夕映え色

日暮れまで

二人で歩く
日暮れまで

林の中には
もう残っていない
飾るような葉も
飾るような枝も

私たちにも残されていない
見せ合うような秘密の品も
頬紅色の半月が
急いで昇っていくけれど

歩く
歩く
あなたの足跡に耳を澄ませ
私の足跡を聴きながら

踏みしめれば
沸き上がってくる
過ぎていった日よ
私たちの春よ　夏よ

二人で歩く
日暮れまで
今も満ちている豊かな恵み
二人で歩く日暮れ道を

黒髪の詩《うた》

黒い髪を
長い髪を
風に揺らす
吹かるるままに
五月の町に
夏の浜辺に

永久《とわ》にと願う乙女の日々は
フルートの一節
束の間の風のひと吹き

謳うがいい
なびかすがいい

通り過ぎる少女たちよ
声を限りに
謳うがいい
あなたの詩を
黒髪の詩を

友へ

どんなに短くとも
どんなに少なくとも
いっしょに行きましょう
ひと足早いあなたの秋

どんなに尋ねても
どんなに答えても
誰も知らない
いつ散るのかは

空の色に窓辺を飾った
あなたのひと葉　ひと葉
あなただけの色合い

ふりそそいでいます
見つめる私の心にも

秋の明るさ　あなたの色合い

いっしょに行きましょう
ひと足早いあなたの秋を
いっしょに歩いて行きましょう

ハルニレの樹

天にまで届こう
道標の樹よ
伸ばした手
広げた指先
ガラス細工のように輝いて
たぐり寄せてみせる彼方の世界

夏の日
この樹には
雀が
ヒヨドリが
カラスまでが
心地よい風を運んでいた

風凍る今宵
一枚の葉も
クリスマスの飾りも付けていない

それでも
この樹は
見えない大地に根を張り続ける

欠けていく月の光を
長い冬の夜を
小さな粒に砕きながら

道標の樹よ
父を思い出させるハルニレの樹よ

蒼い空から

この蒼い空から
飛んで来たのだろうか
生まれたばかりの孫娘よ
母の胸に抱かれた
小さな命よ

何も出来ないおまえなのに
部屋中をいっぱいに満たしている
この輝きよ

ずっと　ずっと昔から
約束されていたように
笑顔だけが集まる

この子は
持ってきたにちがいない
蒼い空のかけらを
喜びの広がる秋の空を
生まれたばかりの孫娘よ

小さな青い靴
息子からの便り

小さな　小さな　青い靴
ボクを迎える
深夜の玄関

何の物音も聞こえてこないのに
この靴がしゃべり始める
娘の長い一日を

少し崩れた靴型
どんなにたくさん歩いたことか
転びそうになっても
母親の手を振り払って

ボクは目の中いっぱいに
この靴を入れる

ボクの特大の靴から
笑いが込み上げて
明日の力が込み上げて

ボクを歩かせる
小さな　小さな　青い靴

子どもたちと雪

握りしめれば
さらさらと落ちる雪
お姉さんの肩越しに
そっと覗き込む
小さな弟

三月までは溶けない雪
大人たちは眉をひそめ
子どもたちは
ときめきをぶつけ合う

この子たちは
知っているのだろう

本当の命が
どこからやって来たのか
忘れてしまった私たちに
差し伸べているのだ
天に届く喜び

雪よ
地球止まりの白い切符たちよ

ナナカマドの道
札幌の秋

真っ赤に燃えるナナカマド
スキップ
　スキップ孫娘
訪ねてくれた　ジジババを
案内したい通学路

先に行っては
戻ってくる
スキップ
　スキップ
戻ってくる

「あそこの三階
友達のうち
緑の小山は公園で
雪遊びできるよ」

ゆきあそび?

首をかしげるジジとババ
今は十月青い空
学校までは十五分
二階に届いたナナカマド

帰っていったジジとババ
気になる天気は雪だるま
スキップできない雪の道
吹雪は口にも入り込み

三十分もの通学路
心の中で
　スキップ
　スキップ
たどり着けば友達いっぱい

「雪遊びもしているよ」
電話の声も
スキップしていた

雪の中のナナカマド
待てば春がやってくる
笑顔になった
ジジとババ

本当の玉子

ノルマンディの鶏は
りんごの樹の下を走り回るだけでいい
大きくしようと
一日を一日半や、二日にしようとはしない
まして電気を点けたり消したりまでして
暦をかえたりしない

自分の足で駆け回り
自分の口で餌をついばむ
だから
卵の殻まで足のように丈夫で
ぶつかっても　こわれたためしがない

何と言うことか
日本の玉子は

プラスチックケースに入れられたまま
もうひび割れていたりする
それにも
すっかり慣れてしまっている私たち
まさか　まさか
子どもたちまで
そんな玉子にするつもりでは！

塾というプラスチックケースに入れて
勉強という餌を突きつけて
逃げられないように
お母さんは見張りとなる

ああ息子たちよ

ノルマンディーの鶏におなり
この地球の向こう側には
今も　りんごの白い花が咲いているはず
走り回っているに違いないあの鶏たち
思い出すのだよ

本当の玉子を生める鶏におなり

終わりゆく夏の日には

思い描いた夏の日も
大空の小さなブラックホール
この夕映えが消えていくとき

音もなく
光もなく
飲み干されてしまった
山の風景
太陽の燃える日は戻ってこない

惜しみながら
見つめる空の彼方

ひとすじ
ふたすじ
星から届く　かすかな調べ

結び合う心と心

逝ってしまったいとしい人よ
忘れられない遠くの友よ

星も
月も
ゆっくり昇れ
終わりゆく夏の日には

雪よ

天におられる藪田義雄先生へ

雪よ　雪よ
病める詩人の窓辺に降《お》りて
旅の景色を広げておくれ

雪よ　雪よ
歩むこともままならず
食することもままならぬ
病める詩人の窓辺に降りて
積もらせておくれ
珠なす詩《うた》を
旅の景色を広げておくれ

雪よ　雪よ

雨でなく
雨でなく

すみれ

青山の片隅
その墓には　もう詣でる人もいないらしい
墓守の人も
横文字で書かれた人々が
どこの誰だったか知らないらしい
何しろ百年以上も昔のことだから
飛行機だってなかったろう

日本という国さえ
世界地図の上に
ちゃんと載っていたかどうか

そんな遠い不便な国の都にやって来て

帰れなくなってしまった人々
帰らなかった人々
ドイツ人もいる　イタリア人もいる
フランス人も　もっとたくさん……
エトランジェという響きは美しいけれど
石で造られたまま沈黙している柩形の墓

彼岸になっても
その場所だけ妙に静か
花見の騒ぎの頃も
酔っぱらいさえ寄りつかない

忘れないでいるのは
すみれの花だけ
辺り一面に咲いて
青い苔で覆われた墓を
優しく飾っている

著者プロフィール

廣木 明美（ひろき あけみ）

1942年 東京生まれ
東洋英和女学院中学部、高等部、短期大学英文科卒業
国際基督教大学人文科専攻、フランス エコール デダーアプリケメティィエ
（陶芸装飾科、タイル画、壁画、絵付け技術取得）
過去に16年間フランスとイタリアに在住、現在東京在住
沙羅の会元会員、詩と音楽の会会員、JBBY（日本国際児童図書評議会）
会員、日仏会館会員、タロウ文庫およびゴンタ文庫主宰
アンデパンダン展５回出品
アカデミーリュテス国際コンクールで銀賞２回、ヴェルメーユ賞２回受賞
ルサロン入選１回、1996年にJAL画廊にて個展
〈著書〉
『レースのパンかご 広木明美詩集』（1979年、沙羅詩社）
『“ボク”の田舎はセーヌ川 商社マン夫人と息子たち』（1983年、福永書店）
『フェルモポスタ・タロウ 局留め郵便箱 ミラノで暮らした柴犬の物語』
（2000年、近代文芸社）
『パリで出会った雪の聖母』（2007年、新風舎）（再版2020年、文芸社）
『炎は消えず 瓜生岩子物語』（2013年、文芸社）

蒼い空に向かって

2023年11月15日　初版第１刷発行

著　者　廣木 明美
発行者　瓜谷 綱延
発行所　株式会社文芸社
〒160-0022 東京都新宿区新宿１－10－１
電話 03-5369-3060（代表）
03-5369-2299（販売）

印刷所　図書印刷株式会社

ISBN978-4-286-24213-2